DE

LA MANIÈRE D'ÉCRIRE

L'HISTOIRE CONTEMPORAINE.

Histoire de mon temps, PAR LE VICOMTE DE BEAUMONT-VASSY.
(1er vol.; in-8º.)

L'abbé Mably, arrivé à l'âge de soixante et onze ans, et près de cesser d'écrire en cessant de vivre, consigna dans un ouvrage intitulé : *De la manière d'écrire l'histoire*, les règles qu'il avait essayé de pratiquer pendant les soixante et dix années précédentes. Selon son habitude, il voulut donner à ce traité la forme du dialogue, qui exige tant de grâce pour ne pas être insupportable ; et comme il est convenu depuis Platon que l'on ne cause bien que dans un jardin, c'est dans un jardin que l'abbé disserte avec deux amis, ornés de deux noms grecs, Cidamon et Théodon. La raison suffisante de Cidamon, c'est qu'il est bon que quelqu'un écoute quand un autre parle. Cidamon est un confident, Théodon est le héros. « Je veux, dit-il, entreprendre un grand morceau d'histoire. Mais où prendre mon sujet ? Sera-ce une histoire générale ou une histoire particulière ? Indiquez-moi d'abord les règles de l'une et les règles de l'autre. » L'abbé, qui n'est pas homme à lâcher une si belle occasion, entame un discours en deux points, je veux dire en deux promenades.

Savez-vous le droit naturel ? Connaissez-vous le droit public, la politique, l'administration ? Avez-vous « longuement médité sur les folies de Platon et de Thomas Morus ? » Avez-vous étudié la psychologie ? Toutes ces études, à en croire le rigoureux Mably, sont indispensables à l'historien ; car « elles seules lui permettront de juger la fortune des États et de mesurer les distances par lesquelles les peuples s'approchent ou s'éloignent des *vues de la nature*. » Vous m'effrayez, dit Théodon ; la vie d'un homme n'y suffirait pas, et d'ailleurs je craindrais de paraître trop savant. Cette ob-

jection ne manque pas de sens, mais l'abbé ne veut rien
rabattre de son programme. Il ajoute même que l'historien
doit avoir approfondi la morale, parce que *« l'histoire n'a
pas seulement pour but d'éclairer l'esprit, mais de démasquer
le vice et de faire aimer la vertu. »* Il recommande ensuite la
lecture attentive de tous les documents relatifs au sujet que
l'on a choisi; il exige enfin que l'historien apprenne à écrire,
art suprême, convenons-en, et sans lequel tout est perdu.
Théodon s'étonne qu'il y ait des historiens. Il y en a pourtant. Mais il arrive qu'en comparant leurs livres à ses règles,
Mably les trouve presque tous mauvais, quelques-uns remar-
quables, deux ou trois excellents, et pas un qui soit parfait.
Tite-Live et Thucydide, qu'il admire parce qu'il est impossible de ne pas les admirer, faiblissent, dit-il, comme Ho-
mère, en plus d'un endroit. Plutarque eût échoué dans tout
autre genre que la biographie. Tacite a un beau talent, mais
son plan ne vaut rien, son exposition est défectueuse; Mably la refait à sa manière, compare l'une à l'autre, décide
pour la sienne, et regrette que Tacite, qui a noirci tant de
personnages, n'ait pas commencé par noircir Auguste.
Strada, qui emploie en toute occasion la Vierge et saint
Jacques, lui tombe des mains à chaque instant; l'abbé Vely,
aux gages d'un libraire, a tout confondu par ignorance; le
P. Daniel ne s'est même pas douté du plan qu'il aurait dû se
proposer; Mezeray a le style dur, et Bossuet parfois tourne
un peu court. Hume ne connaît point sa nation et commence son ouvrage par la fin. Quant à Vertot, Mably avoue
qu'il n'aurait rien compris à son histoire s'il n'avait pas été
un peu au fait des affaires romaines. Gibbon lui semble fas-
tidieux, Puffendorf d'une sécheresse rebutante. Il accuse
Robertson, qui le cite, de faire du galimatias; il trouve
mauvais que Pline ait parlé de l'amour dans une histoire
naturelle, et, par un dernier trait de son humeur chagrine,
il blâme Voltaire d'être amusant. Une critique si sévère ef-
fraye d'abord et rassure ensuite; elle montre qu'avec des
défauts on ne laisse point que de passer à la postérité. Et les
trois amis se séparent, Théodon pour aller étudier le droit
naturel, l'abbé content d'avoir fait une dissertation, Cidamon de l'avoir entendue.

Dans le dialogue dont je viens d'exposer l'épaisse trame,
il y a des idées justes et de bons préceptes. Mais, comme
dans tous les ouvrages de l'abbé Mably, il règne une certaine rigueur lacédémonienne qui fait tort à sa littérature,
comme elle fait tort à sa politique. La généralité de ses vues
le rend parfois chimérique. Il manque du don de l'analyse,

plus précieux encore que celui de la déduction. Pourquoi tracer des règles à l'histoire *en général ?* Est-ce qu'il y a un genre historique ? Non, il y en a plusieurs, et pour chacun d'eux, il y a des règles particulières, souvent opposées les unes aux autres. Les qualités de l'historien doivent s'adapter à son sujet ; et s'il plaît, s'il instruit, s'il attache, tenons-le quitte du reste. Mably, écrivain lourd, auteur philosophique, demande que l'on soit profond. Sait-il où cela conduit ? A-t-il relu ses nombreux ouvrages ? Certes, le baron de Leibnitz était bien savant en toutes choses, mais je doute qu'ayant à écrire l'histoire de Charles XII, il eût fait un livre lisible. Son ouvrage serait consulté, peut-être médité, mais il ne serait pas lu. Croit-on qu'un stratége *tout à fait* consommé aurait su présenter de la campagne de l'Argonne un récit aussi animé, aussi clair, aussi vrai que le récit de M. Thiers ? Il se serait noyé dans les détails et perdu à chaque défilé.

Quant au but de l'histoire, Mably le généralise aussi avec trop de rigueur. Il veut que l'historien « démasque le vice et fasse aimer la vertu. » Ce sont bien là les maximes du temps le plus corrompu. Mably écrivait à une époque où les philosophes, non contents d'amuser l'aristocratie, comme c'était leur devoir, prétendirent encore se charger de l'éducation du peuple. Il a donc pu oublier que cette éducation doit être réservée à un enseignement plus haut, plus sûr, plus fécond, et il a voulu que l'historien devint un moraliste. Je signale cette confusion comme un danger propre à rendre l'histoire ennuyeuse. D'ailleurs, s'il est toujours bon de ramener les hommes à la morale, il y a des temps où il est encore plus nécessaire de les ramener au sens commun. Le spartiate Mably pèche donc par l'inflexibilité. Il ne sait ni distinguer les cas, ni reconnaître les différences. Il aime trop la ligne droite pour arriver vite à la vérité.

— Quel était le régime de l'histoire dans l'antiquité, et quel est le régime de l'histoire dans les temps modernes ?

— De quel esprit politique l'historien doit-il être animé quand il raconte l'histoire de notre temps ?

— Autour de quelle idée ou de quel fait primordial doit-il grouper la série des faits dont se compose l'histoire contemporaine ?

— Quels sont parmi ces faits ceux d'un ordre nouveau dont il doit surtout peindre la nature et les conséquences, s'il ne veut pas manquer à sa tâche ?

Telles sont les questions que je ne me propose pas d'approfondir, mais que je crois utile de soumettre aux réflexions du lecteur en les effleurant.

I

Les découvertes de l'industrie moderne ont opéré une sorte de révolution dans le travail de la composition historique. Elles ont rendu l'histoire plus difficile à écrire et moins agréable à lire. Dans les temps anciens, les rapports d'État à État n'étaient guère multipliés : un commerce peu étendu, peu ou point d'influences littéraires, aucune propagande religieuse, des ambassades accidentelles ou temporaires. La guerre était le rapport le plus fréquent des peuples de l'antiquité. C'est par la guerre qu'ils se sont connus ; c'est par la guerre qu'ils se sont unis : gradation qui paraît étrange et qui n'est pourtant que trop naturelle ! Chaque peuple était donc soumis, presque exclusivement, à l'influence de son génie particulier, de ses besoins, de ses passions originales. Il vivait de sa vie propre, et ce régime simplifiait, en la circonscrivant, la tâche de l'historien. Ce qui contribuait à la rendre plus facile encore, c'est que l'historien, puisant nécessairement aux sources de la tradition orale, y trouvait sa besogne à moitié faite. Le peuple, toujours si ignorant, a toujours été doué d'un merveilleux instinct mnémonique pour conserver le souvenir des hommes et des événements dignes de mémoire. Dans l'antiquité, le peuple accomplissait, sans effort et sans résistance, cette opération délicate du triage des faits ; l'historien soulagé n'avait plus qu'à raconter. Je sais qu'à de certaines époques, et en certains lieux, comme Athènes, Rome, Alexandrie, on ne s'en tint pas là ; qu'il y eut beaucoup de lettrés, et que, par conséquent, l'on écrivit beaucoup ; qu'il y eut, dit-on, des journaux, et que même, à Rome, la mode se répandit dans les bonnes maisons de tenir un registre journalier, appelé *commentaire*, de tout ce qui pouvait intéresser ou amuser les arrière-neveux. Mais il faut convenir que c'étaient là des lieux et des périodes exceptionnels ; qu'autrefois comme aujourd'hui, on parlait plus volontiers encore que l'on n'écrivait, et que l'on y oubliait bientôt ce qui était dépourvu de grandeur ou de beauté ; qu'en Italie, en Égypte, et partout ailleurs, on écrivait sur de la cire, c'est-à-dire sur le sable ; que le

temps faisait prompte et bonne justice de tout ce que la
curiosité ou l'admiration ne reproduisait pas sans cesse,
et qu'en définitive, l'historien, jusqu'à la découverte de
l'encre, a surtout consulté la tradition populaire, les monu-
ments publics et son imagination. Il était donc plus libre ;
l'histoire était plus belle parce qu'elle était moins conforme
à la réalité ; elle était moins générale parce que les rela-
tions étaient moins étendues, et les hommes qu'elle dé-
peint nous paraissent plus grands parce que le cadre est
plus étroit.

Tout est changé : la facilité des communications, l'exten-
sion du commerce, la naissance de tant d'industries nou-
velles, l'usage moderne de consommer dans chaque pays
les produits de tous les autres, et même de façonner pour
l'étranger les matières brutes recueillies à l'étranger ; l'établissement de deux religions qui ont voulu toutes les deux
conquérir le monde, l'une par le glaive et l'autre par la
douceur ; la permanence des ambassades depuis la fin du
xvie siècle ; l'adoption d'un système d'équilibre politique,
qui fait de l'Europe une république d'États confédérés, et
soumet chaque peuple à l'influence de tous les autres, tout
contribue, dans l'époque moderne, à relier les parties, jus-
que-là séparées, de la société humaine. L'historien se sent
porté, comme malgré lui, à embrasser un ordre de faits
plus étendu. Les individus lui échappent et vont se perdre
dans les grands courants religieux, politiques ou commer-
ciaux ; les villes s'absorbent dans l'État, et il s'établit, en
tout et pour tout, une certaine centralisation qui enlève à
chaque chose sa physionomie propre. Le cadre s'étend,
l'homme paraît se rétrécir ; les faits se compliquent, la loi,
par conséquent plus haute, qui les régit devient plus difficile à découvrir. Ainsi l'histoire des âges modernes, plus
large dans son objet, plus philosophique dans sa composition, perd de jour en jour ce coloris, ce relief, ce charme
et ce mouvement dramatique qui donnent tant de prix aux
histoires de l'antiquité. Comme *œuvre d'art*, l'histoire moderne est aussi inférieure à l'histoire ancienne, que l'histoire ancienne est elle-même inférieure à la mythologie,
au-dessus de laquelle il n'y a rien.

Le nombre des matériaux à employer, pour la composition
des histoires modernes, augmente encore la peine de l'historien, déjà courbé sous le poids de son sujet. Il est dur de
penser que, tandis que nous avons seulement des fragments
de la *Loi des douze Tables*, un homme, un savant du xviie siècle, Baluze, a eu l'idée de fixer pour l'éternité, dans deux
énormes in-folios, les *Capitulaires* de nos premiers rois.

Voltaire se vante quelque part d'avoir lu ces capitulaires; mais à le voir de si bonne humeur, moi qui les ai parcourus, je doute un peu de sa parole. Si le moyen âge a laissé tant de traces, combien l'embarras, et, si j'ose dire, le supplice des documents ne s'aggrave-t-il pas pour l'historien contemporain! Comment se reconnaître à travers tant de faits auxquels une aveugle publicité donne un égal retentissement; quand il y a sur un même événement des bibliothèques à consulter et de ces collections qui ont bien un commencement mais qui n'ont pas de fin; quand les gouvernements eux-mêmes consacrent leur argent, le zèle de leurs serviteurs et la solidité des édifices publics à l'entassement de ce que chaque jour ajoute à l'œuvre des siècles: quand le temps n'a encore fait justice de rien; quand la terrible découverte de l'imprimerie permet qu'en un jour, en une nuit, presque sans qu'il en coûte, à propos de rien, un livre soit mis au monde? Il me semble voir l'historien contemporain perdu au milieu d'une forêt agitée par les mille bruits de la nature, et dont la riche végétation est inondée, en plein midi, par les torrents d'une lumière éblouissante. Loin de s'abandonner au trouble de ce spectacle, il faut qu'il impose le calme à son cœur et que sa raison commande à tous ses organes de ne toucher, de ne voir et de n'entendre que ce qui mérite d'être vu, d'être touché et d'être entendu. Il doit enfin reconnaître, sous toutes ces couleurs et sous tous ces bruits en apparence confus, le ton caché, mais nécessaire, qui les soutient et les unit.

Cette tâche est bien difficile. La plupart des écrivains du temps, au lieu de reproduire le concert des événements, trouvent plus commode de n'envisager qu'eux-mêmes, et de ne transmettre à la postérité que leur ramage particulier. Il en est pourtant de plus courageux qui s'oublient euxmêmes, négligent les misères sans grandeur, ou les grandeurs misérables de la vie privée, et cherchent à déduire du mouvement général de la société européenne, un enseignement plus haut et des leçons meilleures, parce qu'elles sont plus désintéressées. C'est ce que vient d'entreprendre un écrivain déjà connu par d'autres travaux. M. le vicomte de Beaumont-Vassy embrasse et fait marcher de front, pendant vingt et un ans (1830-1851), l'histoire de tous les États européens. Son ouvrage qu'il intitule, comme de Thou, *Histoire de mon temps,* est une sorte d'histoire universelle. Cependant, l'étendue de son objet n'a point condamné l'auteur aux généralités. Il entre volontiers dans le détail des événements; souvent il s'abandonne au pen-

chant de sa plume, qui narre avec une grâce facile, et il
saisit avec une sorte d'empressement, dans l'histoire étran-
gère aussi bien que dans la nôtre, l'occasion de ces récits,
où ce n'est plus le peuple, la loi, l'humanité, mais l'homme
lui-même qui est en question. Et alors, loin de relever ses
couleurs aux dépens des personnages, il les laisse se peindre eux-mêmes par leurs actions. Il n'exagère rien, ni les
vertus, ni les vices, et son parti pris d'impartialité est si
évident, qu'il répond au lecteur de la vérité. M. de Beaumont s'est bien gardé d'imiter ces historiens, qui transfor-
meraient volontiers leur ouvrage en un recueil de causes
célèbres. Ce n'est point dans le scandale qu'il cherche son
succès. Il a compris que si l'histoire contemporaine a ses
rigueurs nécessaires, son rôle est encore plus beau, quand
elle peut jeter la lumière sur des événements où l'erreur
ferait des victimes. J'en veux citer un exemple, la mort du
duc de Bourbon.

Il n'est pas facile à un prince de mourir de mort naturelle, dans l'opinion publique. Tout ce qui porte une couronne laisse en mourant une place en apparence trop sé-
duisante pour que le vulgaire, qui se décide par l'intérêt,
ne soit pas toujours tenté de voir, chez les princes, dans ce
fait pourtant si simple qui est de mourir après avoir vécu,
une autre main que celle de la Providence. « *Le peuple*, dit
M. Louis Blanc, après avoir raconté à sa manière cette
même mort du duc de Bourbon, *le peuple croit volontiers
aux crimes extraordinaires ; il lui est donné de se plaire à ces
grands spectacles de la puissance abattue ou avilie, spectacles
que Dieu lui envoie, pour le relever et le venger de son abaissement.* » On ne voit pas trop comment l'assassinat d'un
prince pourrait être un grand spectacle pour personne ; ni
comment ce spectacle serait donné au peuple par la volonté
de Dieu ; ni comment ce grand spectacle relèverait le peuple
de son abaissement. Il est permis de penser que si Dieu
voulait, de bonne foi, relever le peuple de son abaissement,
il aurait à sa disposition, pour atteindre ce but, quelque
moyen plus sûr que celui de faire étrangler un vieillard in-
firme. On plaint M. Louis Blanc de tomber, avec tout son
talent, dans un pareil bourbier de maximes philosophiques.
Ce qui subsiste du passage curieux que je viens de citer,
c'est le goût du public pour le mélodrame, et la tendance
trop fréquente des historiens à satisfaire ce goût, en dépit
du bon sens. S'il arrive, en outre, qu'un prince attente lui-
même à sa vie, comme M. le duc de Bourbon paraît l'avoir
fait, alors on conçoit que rien n'arrête plus le peuple ni
l'historien. Le peuple n'admettra jamais qu'un homme,

servi par un nombreux domestique, qui courre le cerf deux fois la semaine, qui a une maîtresse à soixante et quinze ans, qui joue aux cartes, perd et ne paye pas, puisse s'ennuyer à pareille fête. Le suicide est impossible, un crime est indispensable ; le peuple se fait juré, l'historien procureur : *is fecit cui protest !* On citerait difficilement, je crois, dans l'histoire. même de Rome impériale, un concours de circonstances plus favorables au travail de l'imagination. M. de Beaumont n'a point usé de ce ressort. Il raconte les faits sans les arranger, et son récit, naturel et vrai, dissipe aisément toutes les conjectures imaginaires, où l'odieux se mêle à l'absurde. Un dernier doute s'élève pourtant, et manque à lui faire écarter l'idée d'une mort volontaire : « Un Condé, dit-il, ne se rend pas ! » Mais l'historien reconnaît bientôt que cet argument appartient au sentiment plus qu'à la logique. En effet, le suicide est une de ces rares choses que la mode chez nous n'a point réglées. C'était, dans l'antiquité, la manière de mourir obligée des gens de bonne compagnie. Alors, on préparait la scène, on assemblait ses amis, on déchirait ses blessures avec des gestes étudiés, on récitait avec pompe quelque bon morceau sur le néant ou l'immortalité de l'âme ; on se faisait percer le sein par un esclave, qui, n'ayant d'autre alternative que de donner le coup ou le recevoir. prenait courageusement le premier parti ; on s'efforçait enfin de tomber avec grâce, et l'on comptait pour rien d'avoir bien vécu, si l'on ne mourait encore mieux. Chez les modernes, il en est bien différemment ; le suicide est en discrédit. C'est un acte anormal, en dehors des convenances, presque de mauvais goût. Si l'on s'avisait d'en prévenir quelqu'un, on n'échapperait pas au ridicule de trop aimer la vie ; les esclaves manquent, et sur l'ordre sérieux d'armer un pistolet, il n'y a pas de domestique, même le mieux appris, qui ne se mît à raisonner ; rien n'est préparé, il faut tout faire soi-même, on s'y prend comme on peut, et quand Vatel, le cuisinier de son aïeul, se perce avec une épée, ne nous étonnons pas de voir Monseigneur le duc de Bourbon se pendre avec une serviette.

M. de Beaumont-Vassy, qui raconte avec équité les actes de la vie privée, juge avec modération les actes de la vie publique. Je rencontre même à plusieurs reprises, dans son premier volume, l'énoncé d'une maxime trop indulgente, puisqu'elle tend à amnistier toutes nos faiblesses et tous nos excès. Il semble, dit l'auteur, que chaque individu naisse avec un tempérament politique, qui fait de lui, pour toute sa vie, un conservateur ou un révolutionnaire, un homme de gouvernement ou d'opposition. Cette idée fournit, j'en conviens, un moyen commode pour classer les personnages politiques du temps. Mais est-elle aussi juste qu'ingénieuse? Tient-elle suffisamment compte de la volonté? N'est-il pas prouvé que le même homme peut prendre tous les rôles, les remplir avec un talent égal, et marquer dans la servitude après avoir marqué dans la liberté? N'y a-t-il pas un système de constitution qui développe en chacun de nous les aptitudes les plus diverses et nous jette tour à tour du gouvernement à l'opposition et de l'opposition au gouvernement? Nous vivons, ce semble, dans un temps où les lois, les mœurs, les révolutions, ont effacé la nuance des caractères politiques; dans un temps où l'homme a poussé jusqu'au caprice l'usage de sa liberté. A aucune autre époque il n'a paru aussi clairement que l'homme est un roseau doué d'intelligence et de volonté. Il se courbe et se redresse; il veut se gouverner et on le gouverne; il plie et ne rompt pas. On voit bien qu'il a été mis au monde pour choisir sa tâche, commettre des fautes, recevoir des leçons et quelquefois en profiter. Ceci me conduit à examiner à l'aide de quels principes M. de Beaumont-Vassy juge les événements politiques de notre temps, et la leçon qu'il en fait sortir.

II

On ne saurait trop s'élever contre les adages. C'est une vieille et vilaine monnaie, pareille à ces liards dont on conserve l'usage au fond de nos provinces pour faire l'aumône aux pauvres. *Historia scribitur ad narrandum, non ad probandum.* C'est le judicieux Quintilien qui l'a dit, mais il l'a dit pour l'antiquité et non pas pour nous. Hérodote et Tite-Live peuvent s'en tenir à la narration. Ajouter à l'intérêt naturel du sujet celui d'une thèse accessoire eût été dangereux pour la simplicité de l'œuvre et pour sa perfection. L'histoire moderne, au contraire, moins animée par le jeu des caractères et des passions, a besoin de cet auxiliaire. Ce qui était une surcharge aux yeux de Quintilien, est un soutien pour nous. Il faut que notre historien prouve quelque chose, et, s'il ne prouve rien, on ne voit pas trop ce qui lui reste. Que doit-il prouver? C'est là que gît la difficulté.

Ce qui caractérise l'époque contemporaine, c'est une certaine aspiration irréfléchie de chacun au gouvernement de l'État. Le goût du bien-être est sans doute encore plus puissant, mais il est trop durable, il est trop dans les entrailles de l'humanité pour servir de cachet à une époque particulière. Ce qui distingue l'époque, c'est l'instrument que l'homme emploie ou veut employer pour satisfaire ce goût éternel. Or, aujourd'hui, cet instrument c'est la politique. C'est par la politique que la masse du peuple entrevoit confusément une meilleure répartition des charges et des bénéfices de la société. Si cependant cette intervention de tous les particuliers, en vue du bien public, nuit au public et aux particuliers; si la tendance générale devient une faute commune, le meilleur parti à tirer de l'histoire contemporaine sera, si je ne m'abuse, de prouver au lecteur, et par le lecteur au peuple, que l'on compromet l'intérêt d'État quand on remet le soin du gouvernement à des générations qui ne sont préparées ni pour le gouvernement ni pour la liberté. La poursuite inquiète du bien est un mal souvent terrible. « *Syracuse*, écrit Montesquieu, *essuya des malheurs que la corruption ordinaire ne donne pas. Cette ville, toujours dans la licence ou dans l'oppression, également travaillée par sa liberté et par sa servitude, recevant toujours l'une et l'autre comme une tempête, avait dans son sein un peuple immense qui n'eut jamais que cette cruelle alternative de se donner un tyran ou de l'être lui-même.* » Pour éviter ces malheurs que la corruption ordinaire ne donne pas, Syracuse n'avait qu'à se fixer une bonne fois dans la servitude ou dans la licence. Le temps, par une marche lente et sûre, corrige toutes les constitutions et peut seul réconcilier l'ordre et la liberté. Un gouvernement s'améliore nécessairement quand on lui laisse prendre son assiette; il empire quand on le bat en brèche. Ce que tous les gouvernements ont de défectueux et parfois de détestable, c'est leur premier et leur dernier jour. Toute révolution est donc funeste en elle-même puisqu'elle met le peuple entre deux gouvernements mauvais, l'un qui commence et l'autre qui finit. L'empereur *Tibère*, aussi estimable pour sa bonne administration qu'odieux pour ses mauvaises mœurs, changeait rarement les magistrats, parce que, disait-il, « *les mouches ne piquent pas si fort quand elles sont soûles.* » Voilà la leçon politique des peuples voués, comme Syracuse, aux révolutions du pouvoir.

L'historien tirera cette leçon d'autant mieux qu'il évitera plus soigneusement de tomber dans aucune de ces erreurs politiques que les partis engendrent ou qui engendrent les partis. Ayant à retracer la lutte de tous les systèmes, il est bon qu'il soit animé vis-à-vis d'eux tous d'une sereine indifférence. Qu'il me soit permis de rappeler à ce propos une plaisanterie de Voltaire. Le héros d'un de ses romans,

Scarmentado, voyage en Perse et arrive aux portes de la capitale, déchirée par deux factions : « *Êtes-vous*, lui demande-t-on, *pour le mouton blanc ou pour le mouton noir? Ça m'est égal*, répond-il, *pourvu qu'il soit tendre*. » Je vois dans ce mot la vraie devise de l'historien. Il faut qu'en arrivant aux frontières d'un État, si on lui demande : Êtes-vous pour le Gouvernement blanc, ou pour le Gouvernement noir? il puisse répondre : Ça m'est égal, pourvu qu'il gouverne.

Cette indépendance de vues est indispensable à l'auteur d'une histoire générale comme l'*Histoire de mon temps;* car si l'auteur ne comprenait qu'une forme de gouvernement, et qu'il en ait dix à montrer à l'œuvre, il serait neuf fois privé de l'intelligence de son sujet. M. de Beaumont, à en juger par la première partie de son ouvrage, ne donne pas sur cet écueil. Il n'appartient exclusivement à aucune école politique. S'il me fallait définir sa doctrine, je n'aurais pas à employer quelqu'un de ces mots sonores qui retentissaient naguère à nos oreilles; je dirais qu'il n'a aucun préjugé politique, et j'aurais indiqué, je pense, combien la nature de son esprit, dégagé de toute entrave, l'invite et l'autorise à écrire l'histoire. — Mais voyons sa méthode.

III

M. de Beaumont-Vassy prend l'histoire de son temps, en 1830, au moment « où les dernières fumées du combat de juillet viennent de se dissiper. » Il raconte le triomphe du peuple, la retraite du Roi, l'arrestation de ses ministres, et la naissance de la meilleure des républiques, qui se trouve être une monarchie. Cependant la révolution, neutralisée en France par une adroite combinaison, se réfugie à l'étranger. M. de Beaumont y passe avec elle. Il la suit en Belgique, en Pologne, en Irlande, en Italie. Elle agite de nouveau la France, et il revient en France, pour retourner bientôt en Irlande, en Belgique, en Pologne, en Italie, et faire en moins de deux années, dans un volume en sept chapitres, sept fois le tour du continent.

Je crains que cette méthode n'ôte à l'*Histoire de mon temps* un mérite qui en eût relevé tous les autres, le mérite d'une composition bien ordonnée. L'historien, quoi qu'il fasse, ne pourra jamais courir aussi vite que son sujet, ni

raconter en même temps ce qui se passe en différents en-
droits. Au lieu de se laisser guider et entraîner par les événements, ne doit-il pas plutôt les gouverner, les grouper,
et en présenter une suite de tableaux achevés? Ce n'est pas
assez de parler aux yeux par les sections du livre, il faut
encore intéresser l'esprit par la continuité du fil et par la
dépendance harmonique des idées. Aucune œuvre humaine
ne peut se soustraire sans péril à la loi de l'unité. Il faut de
l'unité dans les ouvrages plastiques, il en faut dans le discours, il en faut dans le gouvernement, il en faut dans un
sonnet, il en faut dans le poëme épique, il en faut dans une
histoire; et si l'histoire, comme celle de M. de Beaumont-
Vassy, est une histoire générale, l'unité sera plus difficile à
découvrir et plus nécessaire encore. Mais où trouver, de
notre temps, cette unité, ce lien nécessaire? Des mains de
quelle *Ariane* l'historien contemporain pourra-t-il tenir ce
fil si précieux dans le labyrinthe où il s'engage? sera-ce des
mains de la *Philosophie*, de la *Religion* ou de la *Politique?*
Sur ce point les avis diffèrent.

L'un propose de tout rapporter à l'idée d'une certaine loi
qui entraîne l'humanité vers des destinées toujours meilleures et toujours imparfaites, la condamne sans miséricorde
au supplice du mouvement perpétuel, et, lui enlevant à jamais le droit d'être satisfaite, la rend, pour son bonheur à
venir, éternellement malheureuse dans le présent. L'autre
voudrait que tous les événements fussent envisagés dans
leurs rapports avec la religion qui nous conduit du berceau
à la tombe, que les frontières politiques n'arrêtent plus et
qui, pour nous faire plus sûrement mériter le ciel, est obligée de se mêler à tous les intérêts du monde. Mais il semble
que ces deux idées, celle du *progrès* et celle de la *religion*,
n'atteignent pas précisément le but qu'on veut atteindre.
L'idée du progrès qui, depuis Condorcet, n'a pas progressé,
et qui est même de nos jours presque tombée en enfance,
paraît trop étendue dans l'espace et dans le temps pour servir de point de repère à l'histoire d'une époque et d'un continent. Telle qu'on nous la présente elle embrasse le globe
et la vie entière de l'humanité. Elle oblige à remonter au
déluge pour raconter quelques révolutions auxquelles l'esprit de parti peut seul prêter de la grandeur; elle n'est
bonne qu'à émerveiller le peuple, à le flatter, à le trom-
per; un sage historien fait bien de l'abandonner aux idéo-
logues qui ne craignent point d'arriver à la dictature par
le galimatias. Si l'idée du progrès est trop étendue, l'idée
religieuse ne l'est pas assez. Quelque fréquente que soit l'intervention de la religion dans les affaires publiques et pri-

vées, quelque salutaire que soit cette intervention, c'est un fait que le prodigieux développement des forces productives de la matière contre-balance aujourd'hui son influence spiritualiste. C'est un autre fait que l'Eglise occidentale s'est partagée, au xvi⁰ siècle, assez radicalement pour que l'Europe ait été depuis cette époque soumise à une impulsion contradictoire ; et c'est un troisième fait que l'expansion imprévue de la puissance russe a jeté dans le monde une force religieuse dont le sommeil avait été pris pour de l'anéantissement. Ainsi, tandis que nous cherchons l'unité du centre, la religion ne nous offre que la multiplicité des rayons.

Ce qui serait bien préférable à une idée, philosophique ou religieuse, car une idée prête toujours trop à la fantaisie pour n'être pas un sujet de désaccord entre les esprits les mieux disposés à s'entendre, ce serait *un fait* que tous les yeux pussent reconnaître et toutes les consciences accepter. Et si ce fait était particulier à l'Europe, contemporain, durable. lié à toutes les grandes affaires, nous y verrions, sans aucun doute, le fil conducteur le plus sûr. dont l'historien pût se servir pour mettre de la suite et de l'harmonie dans sa composition. Or, ce fait existe, c'est une législation; et qu'est-ce que cette législation? ce sont les *Traités de* 1815.

Trois puissances, l'*Empire*, le *Sacerdoce* et la *Diplomatie*, ont constitué l'Europe. On sait qu'après la ruine de l'Empire et l'anarchie des invasions, la papauté a exercé, pendant le moyen âge, sur presque tous les États européens, une sorte de suzeraineté. Mais au moment où un Nouveau-Monde s'ouvrait à sa propagande, la papauté a malheureusement perdu en Europe la moitié de son domaine, et notre continent, désuni, cherchant ailleurs que dans l'autorité du sacerdoce une garantie de stabilité, l'a trouvée jusqu'à un certain point et après un premier déchirement de trente années, dans un système d'équilibre politique qui a pour base les traités, pour sanction, la guerre. La Révolution française faillit renverser ce système et rendre à l'Europe l'ancienne unité rajeunie de César et de Charlemagne. « *Mais l'utilité de l'histoire moderne*, dit Voltaire, *c'est d'apprendre à tous les potentats que, depuis le* xv⁰ *siècle, on s'est toujours réuni contre une puissance trop prépondérante.* » Cet enseignement, méconnu par les uns, sut profiter aux autres, et les traités de 1815, en réagissant contre le projet déjà si avancé de la monarchie universelle, rétablirent en Europe l'unité fédérative qu'elle conserve et paraît vouloir conserver. L'ordre fondé par ces traités n'est point parfait ; il n'est pas éternel. On peut du moins affirmer que s'il doit disparaître un jour, il ne disparaîtra pas tout d'un coup. C'est par des modifications successives, par des amendements rendus nécessaires, par des adjonctions ou des désuétudes partielles que les traités de 1815 seront peu à peu remplacés ; et sans révolution radicale, sans tremblement de terre, le temps les transformera comme un fleuve qui ronge une de ses rives, ensable l'autre et change de lit sans qu'on s'en aperçoive. Ce travail du temps ne saurait échapper à l'historien, et puisque l'unité européenne fondée par les Césars, conservée par les Souverains Pontifes, repose aujourd'hui sur des Contrats qui font de l'Europe, depuis deux cents ans, la plus vaste, la plus redoutable et la plus prospère des amphyctionies, c'est dans l'existence et l'altération successive de ces traités que l'historien trouvera, s'il le veut bien, un point de départ et une vue simple et suivie. Pourquoi M. le vicomte de Beaumont-Vassy n'a-t-il point rattaché l'histoire de son temps à l'époque de 1815 ? Pourquoi n'a-t-il pas préparé le lecteur en lui peignant à grands traits les différents moteurs de la politique européenne, la ligue particulière de certains cabinets, l'agitation des peuples réclamant l'exécution des promesses faites d'abord si inconsidérément, le gouvernement des grands États sur les petits par le système interventionnel ? etc. On aurait vu alors très-clairement le lien commun des événements de 1830, et comment ils s'accomplissent tous en dehors des règles posées :

Un roi, que la fiction du droit constitutionnel rend irresponsable, va porter dans l'exil une peine qu'il n'a point méritée ; la France, à qui le Roi avait donné une charte, par un renversement du principe, reçoit une Charte qui lui donne un roi. Le droit des traités avait remis la couronne aux Bourbons, et les conjonctures, si périlleuses, la font tomber dans les mains d'un prince d'Orléans. Ces traités avaient, par précaution, placé sur les flancs de la France, au nord, du côté où il lui suffit d'un regard et d'un geste pour conquérir un territoire, deux puissances, l'une de premier et l'autre de second ordre, capables de disputer au moins la conquête : et la Belgique se sépare de la Hollande, en s'écriant : *L'union fait la force !* Ces mêmes traités, en abandonnant à la Russie la majeure partie de l'ancienne Pologne, avaient stipulé pour ce pays une constitution séparée et la conservation de quelques priviléges ; les Polonais, fidèles à leur vieille pratique, n'usent de leurs droits que pour les compromettre. On veut les diriger, ils se révoltent ; ils réclament des droits plus entiers, on leur enlève tout ce.

qu'ils ont, et il leur arrive, contrairement aux traités, mais conformément à la nature, ce qui arrive aux peuples incapables de porter le gouvernement, ils le subissent. Cracovie avait eu, dans la mesure de sa petitesse, comme Constantinople dans sa grandeur, cette bonne fortune de rester indépendante parce qu'elle avait trop de compétiteurs : plus tard, en 1847, le même concert des trois puissances, qui lui avait laissé sa liberté conditionnelle, la lui enlèvera définitivement. L'ouvrage du *Congrès de Vienne* est donc atteint de toutes parts; mais ces atteintes ne sont pas mortelles. A la place d'un intérêt supprimé, le mouvement incessant de la politique européenne fait surgir un intérêt nouveau. Si les Pays-Bas sont démembrés, si la Pologne est entraînée dans le puissant système de la centralisation russe, si la République cracovienne disparaît et emporte avec elle le dernier vestige de la liberté polonaise, il se fonde sur les bords de la *Senne* et sur ceux de l'*Ilissus* des États nouveaux, dont l'existence et les neutralités se rattachent à l'ordre antérieur. Dans le moment même où j'écris, par un accord auquel il ne manque plus que la signature, le grand Empire turc, que ses dépendances africaines et asiatiques avaient écarté du règlement et des garanties de 1815, va entrer pour n'en plus sortir dans le jeu des affaires européennes et ajouter son poids à l'équilibre du continent.

Ainsi, tout est lié, tout peut se rapporter et tout se rapporte effectivement aux *Traités de* 1815. C'est dans leur lettre et dans leur esprit, dans leur exécution ou leur altération, que gît le nœud de notre histoire contemporaine, et c'est là que l'historien doit aller le dénouer. C'est là qu'il trouvera de ces vues, générales sans être chimériques, qui lui permettront de se reconnaître au milieu des événements, de les caractériser, de les enchaîner et d'en faire un tout harmonieux.

<h2 style="text-align:center">IV</h2>

La lecture du premier volume de l'*Histoire de mon temps* me suggère une autre observation, une dernière critique. Entre autres qualités, il en révèle une dangereuse dans l'histoire moderne; il est trop narratif. Sous les événements éclatants de notre époque, il y a des phénomènes moins apparents peut-être, mais plus puissants, car ils ont la force irrésistible des infiniment petits infiniment nombreux : c'est la production incessante de la pensée par le moyen des journaux, c'est le développement du crédit; c'est l'emploi si fréquent et devenu régulier pour les États, les villes, les communes, de ces *moyens financiers auxquels n'oserait recourir*, au dire de Montesquieu, *le fils de famille le plus dérangé;* c'est l'établissement d'une centralisation administrative et industrielle à laquelle il semble que rien ne puisse échapper; c'est la création de tant de richesses mobilières; c'est le jeu des valeurs, où la fortune de tous les particuliers s'engage de jour en jour. Je voudrais essayer de prouver que ces faits, d'un ordre nouveau, exercent plus d'empire que les vaines agitations du peuple et les révolutions du pouvoir sur les idées, le caractère, l'activité des hommes de mon temps, et que, par conséquent, ces faits doivent être décrits, analysés, groupés et appréciés dans une histoire contemporaine. Mais il ne faut pas, à propos d'un livre qui est lu, en faire un autre qui ne le soit pas.

E. C.

Herpy, 22 juillet 1855.

Imprimerie de Ch. Lahure (ancienne maison Crapelet)
rue de Vaugirard, 9, près de l'Odéon.

www.ingramcontent.com/pod-product-compliance
Lightning Source LLC
LaVergne TN
LVHW050257030726
842520LV00006B/2423